Blodspor

Blodspor

Fragment af en slægtskrønike

af

Else Pedersen

Illustrationer: Else Pedersen

Fotografering og teknisk assistance: Palle Cavan

Forside: Erindringens port

Forlag: Books on Demand GmbH, København, Danmark
Tryk: Books on Demand GmbH, Norderstedt, Tyskland

ISBN: 978-87-7114-965-4

"Your children are not your children.
They are the sons and daughters of Life's longing for itself.
They come through you but not from you.
And though they are with you, yet they belong not to you.
You may give them your love but not your thoughts.
For they have their own thoughts.
You may house their bodies but not their souls.
For their souls dwell in the house of tomorrow, which you cannot visit,
not even in your dreams"

Khalil Gibran, *The Prophet*

Indhold

Forord 9

Begravelsen 11

Stuepigen 15

Sovesofaen 19

Jordbærrene 21

Provoen 25

Malerkunsten 29

Bøgerne 33

Sex 37

Tøjet 41

Forventninger 45

Kærligheden 49

Psykiatrien 53

Opsangen 57

Kære Anna 61

Interview med mig selv 65

Efterskrift 69

Håbet 71

Forord

Farven på min notesbog er ok, men jeg har det ikke godt med linieringen. Jeg er ikke til linier, til regler. Jeg kan sagtens skrive lige uden linier, de forstyrrer bare. Men ok, nu har jeg jo selv købt bogen – måske bare fordi den var billig, grøn eller de havde ikke andre – dernede i Tiger.

Det generer mig virkeligt med disse linier, så jeg kan kun skrive banale dagbogsnotater – og ikke hvad der virkeligt ligger mig på sinde, mine eksistentielle overvejelser. Det er som et skolehæfte, hvor man holder sig inden for nogle rammer og slet ikke kan give sin personlighed, sin dybde, sin oprigtighed.

Brevpapir skal heller ikke have linier, hvis der overhovedet findes mennesker mere der skriver håndskrevne breve – jeg gør, i hvert fald julebreve. Hvem fandt egentlig på linier? En eller anden fantasiforladt dødbider. En slags farisæer eller imam, der vil have at vi skal overholde loven eller shariaen. God forbid! Jesus hoppede jo væk fra linierne, som kvæler impulsiviteten, friheden, kærligheden.

Måske er linier egnede til at skrive en slægtskrønike på. Et skrift der handler om at sætte sit afkom i "bur", konventionernes bur, de firkantede forestillingers bur. Jeg tror jeg vil gøre et forsøg. For der ligger noget og lurer, nogle overgemte erfaringer. Nu vil de ud.

Sjælportræt

Begravelsen

Byen ved fjorden. Det var før motorvejsbroen blev bygget og satte en stopper for illusionen om naturens bevarelse, eller rettere om naturen som natur. Om sommeren tog man på udflugt til "Albuen", et badested på nordsiden, eller Skyttehuset, hvor man på legepladsen kunne få en gynge i hovedet, på området mellem mund og næse, så man fik et lille ar for resten af livet. Om vinteren stod man på skøjter i det frosne vådområde før fjorden. Skøjterne skulle skrues fast på skistøvlerne med en nøgle, og hvis man var meget heldig, faldt skøjterne ikke af hele tiden. Så kunne man lave sine 8-taller og tage hjem sidst på eftermiddagen med røde kinder og fyldt af friskhed fra den frostklare luft.

Hjemme i bygaden var alle husene bygget sammen, og der var baggårde. Nogle steder kunne man klatre over stakitterne og besøge andre eventyrverdener. Husene var i 3-4 etager, og folk boede i 3 ½ værelses lejligheder – eller mindre. Badeværelserne var med træk og slip og vaskekumme med koldt vand. Endnu var den varme hane og brusebad ikke opfundet i sådanne bydele. Det ugentlige bad foregik i køkkenet, etagebad med vand varmet op på gasblus

Beboerne var en blandet skare. En gymnasielærer, bankassistenter, småhandlende, arbejdere, og et hav af husmødre, som lavede sødsuppe og boller i karry og vaskede tøj i gruekedlen i kælderen, læste Hjemmet og Familiejournalen og håbede at døtrene ville følge i deres fodspor. Det ville de ikke, men vidste det knap nok endnu. Tiden var 40erne, 50erne.

Annas gade var bilfri, så børnene trygt kunne færdes ude og lege. Det var boldspil op ad mur, sjippetov, hønseringe og marmorkugler. Det var løben omkring, venindesnak, venindejalousi og venindemobning, hvilket den dag i dag ikke er gået af mode.

Anna havde det halve værelse i den 3 ½ værelses. Værelset var gennemgangrum for al færdsel i lejligheden. Seng, kommode og garderobehjørne. Mellem entreen og stuerne. Om natten havde hun det dog for sig selv.

Som enebarn var Anna eneste fokus for forældrenes kærlighed og forventninger. Hun fik den hele kærlighed og var alene over for to voksnes overmagt. Den lille pige skulle være en sød lille pige. Hun var en sød lille pige indtil den dag…….

Annas mor var fra byen, mens faderen kom fra landet. Som den eneste i sin familie og slægt var han vokset væk fra mulden og havde valgt en minikarriere i en bank. Der var således en hel del slægtninge at besøge i byens opland. Fx en ugift kusine til faderen, som boede i en landsby i et hus sammen med sin senile mor. Denne tante inviterede en gang om året til kaffegilde, hvor Anna altid var med , som regel som det eneste barn. Så det gjaldt om at have noget tidsfordriv med til, når kagerne var spist: påklædningsdukkerne. Men pludselig var påklædningsdukkerne væk. De voksne decifrerede dog hurtigt, at den gamle senile dame havde røvet dem og gemt dem i soveværelset. Anna fik sine påklædningsdukker tilbage, efter lidt barnlig fortvivlelse. Men den stakkels gamle dame, som alligevel aldrig havde betydet en snus fo Anna, havde ikke øget sin popularitet hos den lille pige.

En dag kom manden med leen og borttog gamlingen fra dette liv, og hun skulle begraves på landsbykirkegården. De voksne i slægten fik den ide, at Anna og en anden lille pige skulle strø blomster ved ligfølget, og sendte en kvindelig slægtning til Annas familie for at forhøre sig, det var jo før telefonens tid. Så man måtte aflægge et besøg for at fremsætte forslaget.

Da Anna blev spurgt, om hun kunne tænke sig at være med til at strø blomster, opfattede hun det som et spørgsmål, der kunne svares ja eller nej til. Så hun svarede nej, for hun havde ikke lyst, og ærlighed varer jo længst, ikke? Men nej, Annas mor kravlede op i gardinerne og smed brænde ned. Det var ikke noget, man kunne sige nej til. Så lille Anna blev meget skamfuld og "ombestemte" sig straks.

Men det var her Anna begyndte at opdage sin egen identitet, som noget adskilt fra forældrenes. Og forventningpressets kvælertag.

En lille ubetydelig episode, men skelsættende. Starten på en proces, på selvopdagelsen.

Er mennesket en funktion af omgivelserne eller et autentisk individ med egen ukrænkelig identitet, det var dilemmaet. I første omgang bukkede Anna under. Som usikkert ensomt barn over for de voksne havde Anna ingen allierede og ingen steder at finde forståelse. Som enebarn havde hun ikke lært at skændes eller tackle konflikter. Som enebarn er man svag, over for al den – betingede – kærlighed og alle de normer, som de voksne sætter. Som enebarn tror man, at de voksne altid har ret, og at de har ret til sjælemord. Selv om hverken barnet selv eller de voksne gør sig klart, at det er det, der foregår.

Blomsterne blev strøet, konen begravet, og skandalen taget i opløbet. Men for Anna var kimen lagt til en livslang kamp for retten til at være *sig*.

Heksen

Stuepigen

I Annas barndom gik børnene i danseskole, også Anna. Måske for at lære at begå sig, måske for at indlære de rigtige attituder, måske for morskabs skyld. Det var de gode klassiske danse, vals og polka og den slags. Det var før pigtrådsmusik og vildskab. Og det var bestemt ikke øvelser i individualitet og selvstændig tænkning. En danselektion startede med, at piger og drenge blev linet op over for hinanden, med fronten mod det modsatte køn. Så skulle drengene "gøre kompliment", dvs fare over og bukke for den udvalgte pige, de ville danse med den dag. Men det var altid den samme, der blev valgt, den man kendte andetsteds fra. Så på en måde var riten overflødig. Dog, formålet var også fremadrettet. Pigerne og drengene skulle trænes i, hvilke roller de skulle spille fremover, i samfundet. Det blev en cementering af initiativ og aktion og kontrol for drengenes vedkommende, og receptiv passivitet og psykisk lammelse for pigernes. Der var hermed lagt grunden til mønstret i teenageårene, hvor pigerne til ballerne så kunne blive bænkevarmere eller populære på dansegulvet. Som pige kunne man ikke sige nej, det var ikke comme-il-faut, og kun de stærkeste og populæreste piger turde – for måske kom der ikke en anden og bød en op.

Der var således også lagt grunden til, at teenagedrengene altid stod i grupper og drak øl, mens de utålmodige piger ikke kunne forstå, hvorfor festen ikke kom i gang. Men drengene skulle drikke sig mod til, det krævede noget at vandre over gulvet til den pige, man havde udset sig, og som måske sagde nej, man kunne aldrig vide sig sikker. Det ville være flovt og ydmygende.

Det var i videre perspektiv en indføring i kønnenes roller i samfundet. Drengene skulle lære at fare ud af huset, være samfundsmæssigt aktive, så de kunne forsørge familien. Pigerne skulle lære at holde sig tilbage i hjemmet og udføre deres husmoderlige pligter. Mandens rolle i hjemmet var at bestemme, hvor skabet skulle stå.

Anna legede naturligvis med pigelegetøj: påklædningsdukker, dukker og dukkevogn, ikke noget med byggesæt eller konstruktiv tænkning. Hun skulle lære at klæde sig på og tage sig ud, så hun kunne tiltrække og fastholde en mand, plus øve sig i at passe børn.

Derhjemme blev Anna nu ikke sat til ret meget husligt arbejde. Hverken lejligheden eller familien var jo stor, så moderen kunne nemt overkomme det selv. Anna fik lov at lege, passe sin skole, hygge sig med veninderne. Det var højst at dække bord og, når moderen havde travlt, at tørre støv af. Som Anna dog hadede at tørre støv af, det var ultrakedeligt. Man skulle flytte al nipset og ryste støvekluden ud af vinduet adskillige gange. Men trods alt fyldte det en meget lille del af Annas liv, så det var til at leve med.

Hvert år til fastelavn holdt danseskolen karneval, og børnene skulle klædes ud. Det var sjovt. Annas mor kendte en kvinde, der udlejede fastelavnsdragter fra sit eget hjem. Så Anna og hendes mor skulle op og kikke på udvalget. Anna huskede egentlig ikke, om hun eller moderen valgte, eller hvilke dragter der blev valgt. Kun et år står mejslet i hendes erindring, det år hvor hun skulle være "stuepige" - det var hvert fald ikke Annas valg. Sort, hvidt, gråt og med støvekost i hånd. Det var bare ikke sjovt, udfordrende eller interessant. Var der nogen, der sagde kønsrolleindpiskning?

Natteskoven

Sovesofaen

På et tidspunkt besluttede Annas forældre, at Annas seng skulle udskiftes med en sovesofa. Fint nok, det ville Anna gerne. Værelset ville blive mere hyggeligt og stueagtigt. Anna var begyndt at gøre sig forestillinger om, hvad hun kunne lide, faktisk kan man sige, at sovesofaen eller forestillingen om den var hendes debut ud i æstetiske valg og præferencer. Hun var hooked på, at det skulle være en smart moderne briks med løs ryg, i to farver: sort og gul. Det fortalte hun sin far, da de cyklede hen mod møbelforretningen for at kikke og finde ud af noget. Desværre var hendes far ikke med på denne ide. Men selv om det var ham, der betalte, kunne man vel synes, at Anna skulle have lov at indrette sit værelse efter sin gryende smag. Hvordan gik det mon?

Den møbelforretning, Annas far havde valgt, var nok byens mindst fashionable, men gedigen småborgerlig med møbler til rimelige priser. Præcist hvordan sovesofaen blev valgt og købt, står lidt hen i det uvisse. Det blev i hvert fald ikke en briks i sort og gult eller noget lignende af moderne ungdommelig tilsnit. Det blev tværtom en tung og solid slå-ud-sofa, med gammeldags møbelstof i gråt og bordeaux. Den var god og bred at ligge på, så Anna var rimeligt tilfreds og fattede ikke helt, hvordan hendes personlighed var blevet tilsidesat, hendes ønsker kvalte. Det gjorde hendes far sandsynligvis heller ikke. Men i det mindste stak design og farver ikke grusomt af fra forældrenes møblement og smag, hvilket åbenbart var det vigtigste. Det manglende udsyn og den fraværende forståelse for Annas person var endnu engang blevet håndhævet på Annas bekostning.

Senere blev Annas værelse malet i ikke-forældreagtige farver, og Anna fik lov at vælge stof til sit garderobeforhæng efter sin egen smag. Værelset blev trods alt beboeligt for et ungt menneske, og Annas fornemmelse for æstetik var alligevel på fremmarch.

Jordbærdansen

Jordbærrene

At bo i en bylejlighed uden jordforbindelse var ikke tilstrækkeligt for Annas forældre, så de anskaffede sig en kolonihave oven for bakken, oven for skoven. Her var et fristed. Der var et lysthus, som af en eller anden grund blev udsmykket med en reproduktion af 'Mordet i Finderup lade'. Og i haven var der hindbær, et stort jordbærstykke, violer ved hækken og meget andet. Om efteråret købte Annas forældre kassevis af gemmeæbler, som blev opbevaret ude på bagtrappen bag ved køkkenet. Jo, der var frugt og grønsager, vitaminer til supplering af den traditionelle småborgerlige kost. Som rigtig husmor lavede Annas mor altid to retter mad, ikke altid spændende, uden eksperimenter. Spareforretten var mælk med tvebakker og kanel. Men Anna var hverken krævende eller kræsen, dog stegt flæsk med persillesovs havde hun det ikke godt med, kødet var simpelthen for fedt. Hun spiste det selvfølgeligt, for hun var en sød og dydig lille pige.

Men jordbær var skønt, og der var mange af dem. Engang, husker hun, var der åbenbart særlig mange af dem, for en stribe af forældrenes venner med børn blev inviteret til jordbærgilde om aftenen. Man foråd sig, men hvilken fest, hvilket orgie.

Byen udvidede sig, nu skulle der bygges boliger i kolonihaveområdet. Annas forældre begyndte at se sig om efter et alternativ og fandt frem til en lille lystgård med skov og frugtplantage og et åbent jordstykke til køkkenhave og lignende, 5-6 km uden for byen. De sikrede sig, at Anna brød sig om stedet, og så blev beslutningen taget. 25.500 kr kostede herligheden, ja det var dengang i 1951. Gården blev brugt som weekend- og feriested. Der var kat og kattekillinger, som Anna var vild med. Anna elskede katte, det var en kærlighed for livet. Måske fordi hun selv var en kat, det vidste hun bare ikke dengang. En kat kan tæmmes, men ikke styres, en kat er sin egen.

Gården var måske alligevel for meget, når familien stadig boede i byen, hvor faderen arbejdede i en bank. Så halvdelen af huset blev lejet ud til et ungt par, som så tog sig af jorden. Det store åbne stykke blev plantet til med jordbær, og indtægten fra jordbærrene skulle være en del af det unge pars levebrød.

Jordbær, ah. En dag, hvor Anna havde en veninde med ude på gården, spurgte hun pænt, om de to piger måtte smage lidt på jordbærrene. Jo, det måtte de godt. Åh, hvor de smagte dejligt. "Vi skal lige have et par stykker til", sagde Anna til veninden. Derefter var de to piger helt opslugt af at plukke og spise jordbær, ja de forglemte sig fuldstændigt. Bang! Pludselig kom Annas mor og rev dem ud af vildfarelsen. Hun var rasende på Anna, som straks opfyldtes af skyld og skam, og som sporenstregs blev sendt ind for at undskylde sin umådeholdne opførsel. "Undskyld", sagde hun, "det var ikke for at stjæle". Og det var det jo heller ikke. Jordbærejerne forholdt sig alvorlige og stille og bekræftede derved Annas dårlige opførsel.

Hvor mange jordbær spiste egentlig Anna og hendes veninde? I stedet for 3-4 så måske 10-20-25, hvad ved jeg. Men oplevelsen blev i hvert fald siddende som et traumatisk minde for Anna, slemme Anna.

Reagerede de voksne ikke lidt ude af proportioner? Kunne de ikke bare have standset pigerne noget før? Verden gik vel ikke under for jordbærfolket, fordi der var forsvundet 25 jordbær. Men den gik under for Anna den dag.

Frihed

Provoen

Anna kom i gymnasiet og siden på universitetet, som den første i slægten. Det var ellers med nød og næppe, for Anna havde valgt gymnasiet fra til fordel for realklassen, efterfulgt af seminariet. Da så en veninde imidlertid mente, at hun ikke ville egne sig som lærer, ombestemte hun sig. Midt i sommerferien, efter at tilmeldingsfristen var udløbet. Men faderen fik ringet til en af skolens lærere – og det endte med at Anna blev lukket ind. Efter sommerferien startede Anna i 1.g, på sproglig linie, for piger skulle være sproglige, var hendes "argument". Der var ikke megen feministisk bevidsthed her. Den kom senere, i meget høj grad takket være en journalist ved Jyllands-Posten, Annelise Vestergaard.

Hjemme hos Anna holdt man nemlig Jyllands-Posten og Vejle Amts Folkeblad, dvs det var faderen der læste dem. Hendes mor læste Hjemmet og Alt for Damerne og til jul 'Ved julelampens skær'. Så Anna læste også ugebladsnoveller og romaner og 'Ved julelampens skær'. Åbenbart må hun også have kikket i Jyllands-Posten, for hun blev grebet af Annelise Vestergaards kvindepolitiske tanker, og mente faktisk også, at hendes mor skulle arbejde ude – men det var ikke en tanke, der vandt genlyd hos forældrene. Annas mor lod sig forsørge, og faderen lod sig opvarte, sådan var det. Det kunne lige løbe rundt økonomisk, når man var ansat i en bank.

I gymnasiet lærte Anna om socialdemokratiet og kommunismen. Så jo, der var andre måder at leve på og indrette samfundet på. Og man kunne diskutere det, forfægte sine meninger, hvilket Anna ikke forsømte. Hun diskuterede tit politik med sin far om aftenen, forsvarede socialistiske holdninger mod faderens liberalistiske. Det var sjovt at diskutere. Det syntes hendes mor ikke, hun gik som regel i seng, og hendes eneste kommentar var, "Din far er nu den klogeste". Hvorfor han var den klogeste, begrundede eller forklarede hun ikke. Det blev ved den nedgørende bemærkning. Om Anna eller faderen var den klogeste, var ikke det, det drejede sig om, men at meninger kunne brydes, at man kunne have holdninger, tænke selv, ikke bare følge den nedtrådte sti. Det var en søgen efter identitet, efter at forstå, se nye aspekter.

Moderens bemærkning var en ydmygelse, en nedtrædning af en ung piges forsøg på at finde en intellektuel vej, at se sig om, at begribe. Den var unødvendig, stupid og arrogant. Men det var Annas mor slet ikke klar over, hun sagde jo bare "sandheden", konklusionen, at hendes mand var klogere end hendes datter. Anna selv var for ung, usikker og for tæt på til at bære over med moderens ynkelige måde at forholde sig på.

Annas far, derimod, kaldte hende ofte humoristisk og godmodigt en 'provo'. Det var måske værre, når det kom til stykket. Som om man ikke skulle tage det unge menneske alvorligt. Ikke at tage alvorligt er den virkelige mangel på respekt. Han forstod simpelthen ikke rækkevidden eller dybden i Annas søgen. Anna var i hvert fald ikke ude på at provokere, hverken i sjov eller alvor, hun ledte bare efter sig selv, var i en udviklingsproces. Skulle det være en provokation?

Man kan sige, at hverken Anna eller hendes forældre var i stand til at forstå eller forklare, at det var det, der foregik. Annas 'provokationer' og 'vanartede' meninger var bare hendes måde at være i verden på på det tidspunkt. Og forældrenes reaktioner var deres blinde forsøg på at bremse hende. For hun var på vej ud af sine forældres kultur, eller i hvert fald dele af den, det er helt givet.

Jo, hun måtte godt få en uddannelse og et job. Men først og fremmest skulle hun bekræfte forældrenes og forestillinger om livet og samfundet ved at gentage dem. Det var det, hun ikke gjorde. Og så skulle hun tage sig ud og tiltrække sig en mand og få sig nogle børn, for det var hvad de ønskede sig. Det var det, de kunne lide. Ikke de der skøre meninger, det aparte tøj, eller ønsket om en bredere livsforståelse.

Fødsel

Malerkunsten

Hjemme hos Anna hang der billeder på væggene, som ikke kunne provokere nogen. Hverken i motiver, farver eller udførelse. Man kunne se, hvad det forestillede, en skov, vand og skibe, et hus. Fred være med det. Anna var heller ikke provokeret af billederne, men på et tidspunkt blev hun klar over, at der fandtes andet. Hun og en veninde blev meget optaget af fransk malerkunst: Corot, Gauguin, van Gogh, impressionisterne. Og det man er optaget af, flyder man over med. Anna gav udtryk for sin interesse for malerkunst derhjemme. Annas fars reaktion var kun, at kunst var et opskruet pengemarked, snobberi. God dag mand, økseskaft. Det er rigtigt, at kunsten opererer på et marked, og hvis man er blevet anerkendt og måske endda død, ryger priserne på værkerne op i sindssyge prislejer. Det var bare ikke det, Anna snakkede om, det var glæden ved og interessen for billeder, for denne menneskelige udtryksform, der optog hende. Hvorfor kunne faderen ikke snakke om det? Det var, som om Anna interesserede sig for noget uværdigt, ligegyldigt, underlødigt. Det var endnu en nedgørelse af det, der betød noget for Anna, og af det, hun var. Hun havde altid selv været glad for at tegne – og hendes mor og moster tegnede også lidt som store børn - , men havde aldrig fået de rigtige stimuli. Tænk hvis hun nu havde sagt, at hun ville uddannes på kunstakademiet, hvilket ramaskrig ville det ikke have afstedkommet! Men det sagde hun ikke, for hun vidste knap nok, at kunstakademiet eller malerskoler fandtes.

Senere hen i livet blev Anna dog kunstner. Asfaltveje, der ikke vedligeholdes nøje, vil med tiden blive gennembrudt af planter, der skyder op igennem dem, selv om det kan tage lang tid at få bugt med den kvælende belægning.

Hvis Annas far kunne se hendes billeder, hendes symbolistiske mentale landskaber, ville han vende sig i sin grav. Måske gentage en bemærkning, han kom med på et sent tidspunkt i en slags erkendelsesøjeblik, men sådan lidt ud af det blå, om at han skulle have vejledt Anna noget mere. Hvad en sådan "vejledning" kunne have ført til af psykiske skader hos Anna, kan man gisne om. Det ville givet have ført til endnu vildere billeder!

Fantasiens vinger

Bøgerne

Anna kom i skole som seksårig, og selv om hun måtte forsømme skolen i begyndelsen af 1. klasse på grund af kighoste, var der ingen problemer med at følge med. Hun lærte at læse, og det er hun siden ikke stoppet med. Hvilken gave at få suppleret egne tanker og fantasi med andres, at få stillet sin åndelige sult. Thi mennesket lever ikke af brød alene.

Allerede i underskolen fik hun smag for skolebiblioteket, hvor hun lånte flittigt fra hylderne med eventyr. Eventyr, der ofte handlede om et ungt menneske, altid af hankøn, som drog ud i verden og gik en masse prøvelser igennem. Det var næsten helt profetisk, med alle de prøvelser Anna skulle igennem i livet. Men det vidste hun jo ikke. Historierne var bare fascinerende.

Hjemme havde Anna også bøger, først og fremmest Bambi og Den Store Bastian; det er dem, der følger hende i erindringen resten af livet fra den tid. Men hvilke modsætninger: lille uskyldige stivbenede Bambi på glatis og den Store Bastian, der puttede uartige børn ned i sit store blækhus, som en omvendt julemand.

Bambi på de stive ben på den hårde glatte is, var det ikke sådan Annas situation var, da hun skulle ind i livet og stå på egne ben? Det kunne nemt gå galt, hvad det også gjorde mange gange i Annas unge voksenliv. Og Bastian, hvorfor gav man hende den bog? For at skræmme hende til at blive i flinkeskolen? Eller var det bare helt bevidstløst?

Så var der jo også Tommy, Annika og Pippi Langstrømpe, disse pæne artige børn og den skøre kugle med hest på altanen og abe i stuen; pigen, der boede alene og gjorde, hvad hun ville, ubundet af kulturens og opdragelsens snævre regler. Hurra for Pippi Langstrømpe! Hun er den bedste del af et menneske, hvorimod Tommy og Annika ikke har meget at byde på; ikke sært at de er vildt fascineret af hendes alternative livsførelse, at hun er deres ven. Annas problem, som hun ikke selv gennemskuede dengang, var at hun skulle stå ved sin indre Pippi, smide sin snærende Annika-ham. Forvandling og bevidstgørelse tager lang tid, og der er mange genvordigheder undervejs. Den Store Bastian står altid på lur.

Gennem årene læser Anna mange bøger, skolebøger, universitetsbøger, fritidsbøger. Anna bliver bognarkoman, også ude i den vide verden. Når andre stavrer rundt til de obligate seværdigheder, går Anna ofte i boghandler i stedet, uanset sproget. Andre menneskers forestillinger og udtryk, som hun kan spejle sig i, hele denne mangfoldige skov af forholden sig til livet. Anna forholdt sig til livet, gled ikke bare ind i det tilsyneladende eller de givne normer. Det var ikke noget, hun havde fået med sig hjemmefra; der stod meget få bøger i hendes barndomshjem, og livsopfattelsen var stivnet og fastlåst i det en gang vedtagne, som man havde arvet i sit sociale miljø. Hvorfor pudse vinduerne og kikke ud, når man stod for det 'rigtige'?

Da Anna elskede sine forældre, ville hun gerne dele sine interesser med dem. Det var et savn, at de ikke var læsende, at de ikke interesserede sig for at udvide horisonten eller grave dybere. Der var aviserne og ugebladene, man kunne diskutere lidt politik, ellers var der ikke meget at snakke om. Så Anna følte sig ensom i sin familie; som enebarn, der var ved at blive intellektuel. Bare de dog ville læse en enkelt bog! Engang hun kom hjem på besøg, var hun lige startet på Kafkas 'Processen' og foreslog naivt og uklogt, at de også kunne prøve at læse den. Det prøvede de så. Det var uvist, hvor langt de nåede, men dommen var ikke til at tage fejl af, det var dog det værste …. lort. Anna var knust over deres holdning og udfald, det var ikke bare en afvisning af en enkelt tilfældig bog, det var en fuldstændig forkastelse af alt, hvad Anna stod for, af alle bøger. Det var hårdt. Anna fik aldrig selv læst 'Processen', ud over de første par sider, for hun var sat i chok.

Men hun fik læst mange andre bøger, hundredevis, tusindvis, på dansk, engelsk, tysk, fransk, italiensk. Uden bøger kan man ikke leve. Uden bøger er livet amputeret.

Grøde

Sex

Anna spekulerede ikke over, hvordan hun selv og andre var blevet til. Anna havde ikke hørt om fysisk kærlighed, den fandtes tilsyneladende ikke der, hvor hun var. Som bypige iagttog hun ikke dyrene, når de blev drevet af deres seksuelle kræfter. Hun vidste nok, at hun var blevet født, men hvordan hun var opstået og vokset før fødslen, havde ikke tændt hendes nysgerrighed, og ingen fortalte om det. Der var ingen billeder eller litteratur i hjemmet, som afslørede eller antydede denne virkelighed. En dag, da hun var omkring 10 år, var hun ude at gå tur med sin mor og en skoleveninde. Pludselig spurgte veninden hende, om hun vidste, hvordan man fik børn. Det gjorde hun absolut ikke, og moderen mente, at hun var for lille til at få det at vide. Det bremsede ikke skolekammeraten, som vidste god besked og nu fortalte Anna hemmeligheden.

Anna havde ligesom ikke nogen krop, men det fik hun dog som 12-årig, da hendes menstruationer startede. Moderen nåede inden begivenheden indtraf at røbe, hvad der ville komme, og forsynede hende nu med hygiejnebind. Men hvad en menstruation egentlig var, blev ikke forklaret.

Anna skammede sig over at have menstruation. Hendes mor fortalte en anden mor, at Anna havde fået menstruation, og denne mor fortalte det videre til sin datter, som var Annas lidt ældre veninde. Nu var det sluppet ud! Anna ville nu have foretrukket, at det blev holdt hemmeligt; var det ikke noget privat?

Menstruationerne var ofte smertefulde, og moderen gav hende en opvarmet pude på maven. Det lindrede lidt. Men nu skulle hun altså acceptere dette fænomen hver måned i flere årtier. Uh!

Anna var ved at få én kvindes krop, selv om brysterne ikke udviklede sig til meget mere end et par forvoksede gajoler, hvilket var slemt i en verden, der fokuserede så meget på kvinders bryster. Hun følte sig meget ufuldkommen som kvinde. Hvor blev Venusmålene af? Havde hun overhovedet en krop andet end til at bevæge sig med og putte mad i? Der kom ikke rigtig nogen kropsfornemmelse lige med det første, kroppen var lukket ned, så at sige. Med drengene blev det i teenageårene ikke til andet end kys og holden i hånd plus en stribe romantiske sværmerier uden megen hold i virkeligheden. Og hvilke drenge var egentlig de rigtige, når man nu især var interesseret i at udvikle sit hoved, så ens identitet kunne finde sin naturlige form, sit naturlige udtryk? Hvordan kombinere den personlige udvikling med udbuddet på hjertets marked?

Anna havde en fætter, som var et par år ældre, og som hun godt kunne lide. Han boede på en gård langt ude på landet. En dag var hun på besøg sammen med sine forældre. Fætteren havde også en kammerat på besøg, og de tre beebopunge gik op på værelset og hyggede sig. Der fik Anna øje på en bunke Hudibras, som på den tid var det vildeste vilde på sexfronten. Naivt spurgte Anna, "Hvorfor har du sådan noget?" Fætterens ærlige og selvaccepterende svar "Fordi jeg godt kan lide at se på det" gjorde et overrasket og positivt indtryk på hende. Fætteren havde en krop, og han skammede sig ikke. Den fætter respekterede hun meget, også af mange andre grunde. Han var også enebarn, eller rettere plejebarn, hos hendes onkel og tante. De havde nok forventninger om, at han på et tidspunkt skulle overtage gården, være bonde. Han blev sendt ud og tjene som karl på en gård, men det gik slet ikke. Når de voksne omtalte ham kritisk, lyttede Anna og følte, at det var meget uretfærdigt. Hendes fætter var en god fyr, men nogle andre havde anbragt ham på en forkert hylde. Den fætter fik meget at slås med, men han fandt sin sti, ved hjælp af den autodidakte metode. Det var et parallelt forløb, selv om Anna fik en formel gymnasial og videregående uddannelse. Et kulturopbrud, en livskamp.

Polardrøm

Tøjet

Der findes et billede af Anna som lille førskolepige. Hun sidder på hug ved en sø, måske Kolding slotssø. Hun er iført pænt søndagstøj, inklusiv en hat. Ikke en praktisk varmende hue men en hat, en formindsket voksenhat. Når Anna skulle have ny hat, var det et problem med størrelsen; hendes hoved var stort, så hun måtte altid have en et stykke over sin aldersklasse. Hvorfor skulle hun gå med hat? Det var nu ikke noget hun satte spørgsmålstegn ved dengang. Det var værre med vinterens lange uldstrømper, de kradsede af h. til, men hun skulle have dem på, forlangte hendes mor.

Der var dog også mere behageligt og praktisk tøj. Lange bukser og hue og ud at stå på ski. I Nørreskoven eller på bakkede græsmarker ude på gården. Det var tider. Bevægelse og frisk luft og at suse ned ad en bakke og holde balancen.

Som ung pige holdt Anna fast i at gå med skørter, endda make-up og højhælede spidse sko. Selv om hun på universitetet blev mere studentikos i sit outfit. Nu nød hun at slaske hen ad Ringgaden til universitetet, iført lange bukser og canvastaske med A4 blokke og lærebøger. Nu var hun en rigtig stud.mag. og på vej til at blive sig selv. Somme tider, om sommeren, gik hun med batiktrykte bomuldskjoler, som hun fandt i en butik, der også handlede med kunsthåndværk. Det var en butik, hun godt kunne lide. Hun kunne fx godt lide deres keramik, frem for det postelin de havde derhjemme.

Hendes yndlingssommerkjole var i røde og orange farver, sække-formet og med lange ærmer. Den var ikke for mainstream, den kunne man bevæge sig i, være tryg i uden at kroppens konturer blev afsløret. Den kunne Annas forældre ikke lide, men hvorfor behøvede hun at vide det? Det kunne de vel beholde for sig selv. Behøver man granske og højlydt bedømme det tøj, ens voksne datter går i?

Nogle venners søn var emigreret til USA, og efter nogle år kom han endelig hjem på besøg. Anna og hendes forældre blev inviteret til den sammenkomst, hvor hans hjemkomst skulle fejres. Anna kom til byen til festen, direkte fra universitetet. Iført afslappet tøj, jeans måske? Anna husker det ikke helt, men hun husker sin mors misbilligende blik, der målte hende fra top til tå. Av, hun skulle da vist have været iført brokadekjole.

Flere år senere gik Annas mor hen og døde, vist nok af en livsstilssygdom, resultat af fedme og forkert livsførelse. Anna husker ikke, hvad hun selv havde på, men hendes kæreste kom i blue jeans, og det gør man bare ikke til en begravelse! Annas mor kunne jo ikke selv protestere. Men faderen, ham huede denne påklædning ikke. Ærlig talt, når ens ægtefælle bliver begravet, skal man så gå op i, hvad de deltagende er klædt i?

Masker

Forventninger

Kulturens byrde, sagde Freud. Jo tak, den bliver lagt på os; eller rettere, vi vokser op i en kultur, og den omklamrer os til kvælningspunktet. Her hersker den stereotype forestilling om, hvad en kvinde er og skal være: udstillingsgenstand, hustru, mor, husmor. Annas mor ville have været begejstret, hvis Anna ikke var Anna, men virkeliggørelsen af moderens forestilling om og forventning til Anna; en kloning af moderen i lettere moderniseret udgave.

Nu hvor hun var enebarn, skulle hun realisere alle forventningerne, der var ikke andre at lægge dem på. Find dig en mand, få dig nogle børn, det både lå i luften og blev sagt direkte. Annas far mente, det ville være godt for Anna at finde en mand. Det mente Anna egentlig også selv, men det gik ikke så let for hende, der var mange abortive forsøg. Faderen forstod ikke, at man ikke bare kunne fremtrylle kærligheden. Det var jo ikke, fordi Anna ikke ønskede at plukke de store lækre røde bær. "Det kan jo godt være, at vi savner noget", som moderen sagde i en umisforståelig sammenhæng. Men dog, var det et krav, de stillede? Det kunne de ikke tillade sig , og de kunne heller ikke tillade sig at smide salt i et dybt sår.

Når det kom til stykket, var det Annas liv, og de ejede ikke hendes liv. De ejede deres eget liv. "Your children are not your children", som Kahlil Gibran udtrykker det. Det forstod de ikke, "Hvorfor får vi ikke bare det, vi vil have", var den bagvedliggende filosofi. Men Anna kunne ikke skaffe det, heller ikke på kommando.

Alt det, Anna var og stod for, var så underligt, uacceptabelt, syntes moderen. "Du vil være en mand", som hun sagde en dag.

Det ville Anna bestemt ikke. Hun ville gerne møde kærligheden, men kunne ikke finde sine ben på det punkt, og hun skyldte ikke andre end sig selv at finde den - hvis hun kunne. Og at finde sin egen sti, have sine meninger, prøve at være selvstændig, at ønske ligeberettigelse, at interessere sig for samfundet, det var da ikke noget specielt mandligt? Anna ville bare være et menneske, have sig selv med.

En weekend, hvor hun besøgte sine forældre, sad hun ved morgenbordet sammen med sin mor, og en replik røg ud af hendes mund, lidt pludseligt, lidt hårdt, men det havde bygget sig op, og hun formåede det ikke på andre måder: "Jeg vil gerne have, at du forholder dig til mig på en anden måde". Moderens ansigt fortrak sig, som skulle hun til at græde, men hun sagde ingenting. Hun kom ikke datteren i møde, hun prøvede ikke at forstå; hun spurgte ikke, hvad hun mente.

Så hvad tænkte Annas mor? Var hun skuffet over sin 'vanartede' datter, fortrydelig over at Anna ikke leverede varen, den vare hun mente at have krav på?

Der endte Annas forsøg på at kommunikere, forsøg på at få talt ud, på at nå hinanden. Moderen havde for evigt tabt sin chance; hun tilbød ikke noget, hun lukkede i i stedet for at åbne op.

Kærligheden

Kærligheden

Hvis man skal finde kærligheden, den mellem mand og kvinde, skal man kende sig selv og ikke stå i en mangelsituation. Og man skal have noget at tilbyde. Men Anna var en meget usikker person. Ganske vist havde hun nogle klare meninger om dette og hint, men selvværdet var helt i bund. Der var mange tilløb til kærlighedsforbindelser, men de fleste løb ud i sandet, før de næsten kom i gang, og for hver gang fik selvværdet endnu en skruning nedad. Så når forældrene kom og 'forlangte' en svigersøn, så var det virkelig at sparke til en, som allerede lå ned. Det kunne forældrene da ikke vide, for Anna fortalte dem aldrig noget om sit eventuelle kærlighedsliv. Eller kunne de? Hvor svært kan det være at regne ud, at ingen eller få siger nej til den store gode kærlighed. Hvor uempatisk er det muligt at være for normale mennesker.

Senere hen i livet tænkte Anna, at hvis hun virkelig havde været smart, skulle hun have bildt sine forældre ind, at hun var lesbisk, for så ville der ligesom ikke have været noget at komme efter for dem. Punktum.

Men det ville have været jordens undergang for dem. Så ville deres datter da have været vanartet ud over alle grænser. Ikke at hun direkte kendte deres syn på homoseksuelle, for det fænomen - som så mange andre – var aldrig blevet nævnt i hjemmet. Alligevel, Anna var ikke i tvivl om, at 'en lesbisk i familien', det ville have været så stor en skuffelse, så stor en sorg, så stor en skam, at de næsten ikke ville have kunnet leve med det. Selv om de måske med tiden ville have 'tilgivet' hende.

Anna kunne bare ikke finde ud af det med kærligheden. Der var så mange skuffelser, at det næsten ikke var til at rejse sig igen efter hvert nederlag.

En dag fandt hun alligevel kærligheden, sin livsledsager. Det livslange forhold. En hippietype at se på. Det var vist ikke lige det, hendes mor havde forestillet sig. Hun havde formentlig forestillet sig en yngre udgave af Annas far. Det værste var, at Annas valg var udtryk for, hvem hun selv var. Så var Annas identitet beseglet og fastslået, og der var intet Annas mor kunne gøre ved det.

Pas på mig

Psykiatrien

Første gang Anna mærkede, at psyken ikke var i en helt god til-stand, var, da hun alene rejste til England. Hun skulle besøge en eng-lænder af forældrenes bekendtskab og hans tyske kone i tre uger. Hun var omkring 19 år.

Dette ægtepar boede ude på landet. De tog godt imod hende. Eng-lænderen var et bekendtskab fra krigens tid, og han havde besøgt fa-milien flere gange. Anna var begyndt at studere engelsk på universite-tet, så dette besøg var lidt af et springbræt. Anna havde aldrig været i udlandet før. Familien havde aldrig rejst. Kun en enkelt gang havde forældrene været på en busrejse til Italien, en rejse de havde vundet. Og de brød sig ikke rigtig om turen. Nu var hun selv af sted. Værtspar-ret tog hende med rundt på sightseeing, og en dag hun tog bussen alene til Stratford-on-Avon for at se Shakespeare i teatret. Men det var ligesom, der var noget gråt i luften, noget truende og ubestemmeligt. Det fortog sig dog. Hun kom hjem igen, livet fortsatte, hun flyttede på kollegium, hvilket hun var meget glad for, efter at have boet i et en-somt kælderværelse og derefter i en værtindes kedelige spisestue. Faktisk så glad, at hun ikke kunne forestille sig at leve andre steder end på kollegiet.

Anna var nu fyldt 23. Lige pludselig en dag – hun var i gang med specialestudiet – skete der noget inden i hende. Hun skulle ned på vaskeriet med noget vasketøj (der var ikke vaskemaskine på kollegiet), og hun kunne bare ikke gå derned. Hun var som lammet. Derefter brød sindslidelsen ud i lys lue med alle symptomerne: angst, der kom og gik, angst for at ryste på hænderne så hun ville blive 'afsløret', indre spænding og fastlåshed, fornemmelsen af at være psykisk syg uden helt at kunne definere det. Egentlig havde hun ikke noget kendskab til psykiske sygdomme, men hun erkendte, at psykisk syg, det var det, hun var. Hun skaffede sig en henvisning til en psykiater og begyndte at gå til psykoterapi på statshospitalet i Risskov. Det var som at have fundet en krykke, men det hjalp nu ikke. En dag sagde psykiateren til hende, at hvis hun ikke gik igennem den angst, der lammede hende, ville hun aldrig komme ud af det. Det var virkelig skræmmende. Burde hjernevrideren virkelig sige det?

Hvad var værst: angsten – eller angsten for at sidde fast i angsten for altid? Anna tvang sig selv til at gå ind gennem angsten, alternativet ville være en tilværelse som en levende død.

Dengang forstod Anna ikke, hvad de psykiske symptomer var udtryk for: at der var en kæmpeenergi, der var fuldstændig låst fast inden i hende. En energi, der skulle forløses og forvandles. En erkendelse heraf var nødvendig for at sætte gang i en helbredelsesproces, som givetvis ville vare i årevis. Gad vide om psykiateren forstod sammenhængen, for Anna kunne ikke formulere sine problemer. Han ydede hende ikke megen hjælp, gav hende ingen redskaber, fik ikke gang i en forståelsesproces hos sin patient. Det var lidt spildt at gå der, ud over at det gav illusionen om en redningsplanke. Det var en kollegieveninde, der var den bedste hjælp; en veninde, der altid gav sig tid til at støtte og snakke. Men den egentlige opgave var overladt til Anna selv, et psykologisk og eksistentielt arkæologiarbejde; uden at hun vidste, at det var det, hun havde gang i.

Annas forældre vidste vist godt, at Anna gik til psykiater. Men var det noget, de tog alvorligt eller forstod dybden af? Så gav de i hvert fald ikke udtryk for det. Lidt underligt. Ens eneste barn, voksne barn, er i dyb og langvarig krise, og man forholder sig ikke til det. Selvfølgelig, det er ikke noget man kan se, det er en skjult lidelse. Dog, på et tidspunkt skete der noget, der måtte kunne få selv deres sammenklistrede øjenlåg til at spærres op. Blev de så seende?

Den store brand

Opsangen

Anna var midt i tyverne. Midt i sin lammende og langvarige psykiske krise. Midt i studierne, der var gået i hårdknude. Midt i kærlighedstomheden. Hendes liv var gået i stå, egentlig var det aldrig rigtig kommet i gang. Hvordan skulle hun komme opad og fremad. Hvad skulle hendes liv blive til. Hvor var der hjælp at hente. Hvilken hjælp havde hun brug for. Hun vidste ikke, hvordan og hvorfor hun var havnet i denne lidelsesfulde og umulige situation. Hun plejede ikke at betro sig til sine forældre og bede dem om menneskelig støtte, selv om hun besøgte dem ofte. De var trods alt hendes nærmeste, der hvor hun havde sine følelser.

Hun havde også den forestilling, at hun skyldte dem at være lykkelig og at lykkes, så hun dækkede over sine problemer, så godt hun kunne.

Men hjemme på juleferie kunne hun ikke længere. Hun gav udtryk for sin fortvivlelse og anglede efter deres trøst og støtte, i tillid til at den ville komme som det mest naturlige af alt. Hun var derfor fuldstændig uforberedt på deres reaktion, som var en samstemmende opsang; en kritik af hende, som hun oplevede så sønderlemmende, at de konkrete ord fra deres mund straks opløstes i en tåge af defensiv hukommelsestab for aldrig mere at dukke op. Det var i den grad et chok, det sidste hun havde forventet, aldrig forestillet sig muligt. Her brast den sidste tråd i hendes sind. Kroppen gik i fuldstændig muskelspændt baglås, sindet eksploderede. Hun røg helt ud over kanten og hørte ikke længere, hvad de sagde.. Så holdt de også op. Hun formåede dog at bede om lægehjælp, vagtlægen blev kontaktet, en taxa blev sendt ud med stærke beroligende piller. Hun kunne bare ligge der, på den grå og bordeaux sovesofa, som nu var flyttet med hendes forældre ud på landet.

Hun holdt ikke op med at se sine forældre. Hun havde ikke andre nærtstående. Men noget havde sagt 'snap'. Forældrene undskyldte aldrig, beklagede aldrig, talte aldrig om 'episoden'. Følte de, at hun havde forurettet dem?

Anna var svag, i en svag position, ellers havde hun måske brudt med dem her, forlangt at de vedstod, at de havde begået en fejl. Det var også svaghed, der havde bragt hende ind i denne situation, som førte til opsangen. Langt senere i livet var hun nødt til at rive sig løs. Hvad skulle hun med en 'kærlighed', der smadrede hende; hvad skulle hun med en sådan uforstand, bedreviden, en sådan overbevisning om, at 'vi står for det rette, og hvorfor kan Anna ikke være som os'- holdning?

Hun kunne ikke nå sine forældre. Det var som at ville puste et hul i en betonmur.

Annas forældres øjne forblev lukkede. Og kom hun da ikke snart hjem med en svigersøn og nogle børnebørn. Det gjorde hun så – på et senere tidspunkt - nogle gange, men ikke af lyst.

På en eller anden måde var det hele så uhåndgribeligt. Der var jo ikke tale om hverken incest, vold, vanrøgt eller tvangsbortgiftning. Så hvad var det med hende Anna, andet end at hun var længe om studi- erne og single i årevis. Omverdenen har nok ikke 'læst', hvad de sande forhold var. Ej heller fået meget fortalt.

Jeg'ets energi

Kære Anna

Dine forældre gav dig livet. De sendte deres gener ind i dine celler, de har bestemt din øjenfarve, deres blod ruller i dine årer. Der er ikke noget, du kan gøre ved det.

De ville også forme din sjæl. Sådan tænkte de selvfølgelig ikke. De ville bare give dig en ordentlig barndom, opdrage sig, så du kunne blive et fornuftigt menneske og få et tilfredsstillende liv.

Så opdagede de imidlertid, uden at de egentlig gjorde sig det klart, at det var gøgen, der havde lagt sit æg i deres rede. Du lignede slet ikke deres fugleunge, sådan i overført betydning. Det var de nødt til at gøre noget ved. Per automatik prøvede de at forme dig i deres billede. Så du kunne blive 'rigtig', ligesom dem. De stillede en kold og hård jernrustning ind på dit værelse, som du måtte prøve at krybe i. Du blev virkelig filtret ind i den rustning, men den passede ingen steder. Nu er du ude af den, den er for længst kasseret, men den ligger stadig for din fod, og du prøver igen og igen at smutte udenom. Og dog ikke, for den er blevet en kilde til billeder og digte. Gennem denne transformering af smerten er skaberkraft og selvaccept vokset frem; din naturlige medfødte selvkærlighed er genopstået som Fugl Fønix.

Den er også blevet til hårde attituder, konflikter med andre, manglende sociale færdigheder, nervøsitet, usikkerhed.

Den er blevet til stædighed, ingen skal bestemme over dig, krumme hår på dit hoved. Du skal ikke 'myrdes' to gange i det samme liv, tænker du.

Den er blevet til forestillingen om at give dine børn et bedre liv: frihed, valgmuligheder, retten til at finde deres egen sti, egne værdier og holdninger. Du ville aldrig forlange, at de skulle blive kloninger af dig. De måtte ligne dig eller lade være. De kunne blive hjemmefødinge eller globetrottere, deres valg. Venstreorienterede eller liberale, deres valg. Få mange børn eller ingen, deres valg. Kristne eller ateister. Osv. Der var ikke noget, de skyldte dig.

Kære Anna, hvorfor har jeg så skrevet alt dette om dig nu, du ved jo det hele. For at du ikke skulle glemme? Det er der nok ingen fare for. Selv om blodsporene er størknede og dækket af støv, har dine forældre for altid sat scenen for dit liv. De udgør bagtæppet, de anbragte de første kulisser og rekvisitter. Og selv om du for længst har skiftet disse ud med nogle, der passer bedre til dig, kan det mindste vindpust feje dine egne bort og gøre de gamle møbler synlige igen. De er ikke så nemme at slippe af med.

På en måde er denne biografi om dig med til at fastholde det gamle i stedet for at spule det væk. Men jeg har skrevet den for at delagtiggøre andre i den. For at skaffe vidner til dit liv. Enebørn er så forbandet ensomme, ikke blot har de ingen søskende at spille op imod eller solidarisere sig med i forhold til forældrene, men de har heller ingen vidner. Ingen vidner til begivenheder og ord og den smerte, de forvoldes. Enebørns virkelige vilkår er usynlige. Andre ser måske bare en bette forkælet pige, der somme tider gør nykker og skuffer de stakkels forældre.

Så måske har jeg først og fremmest skrevet om dig for at være din søster. Så er vi da to! Så kan vi støtte og varme hinanden. Jeg er jo selv enebarn. Ja, jeg er dig. Har spaltet mig op for at få tingene på afstand. For ikke at føle mig alt for skyldig – hvis jeg nu sagde, at det var sket for en anden, kunne mine ord ikke vende tilbage til mig som en boomerang. For at lægge ansvaret for denne sørgelige historie fra mig. Men jeg er jo dig, så lad os igen smelte sammen og bane os vej gennem buskadset, livets udfordringer og glæder, omgivet af fuglefløjt og raslen i løvet.

I sjælens dyb

Interview med mig selv

Sp: Jeg har forstået, at dine forældre var meget problematiske for dig, at du ikke tænker tilbage til dit liv med dem med glæde. Men var der slet ikke noget positivt omkring din barndom/ungdom?

Sv: Jo bestemt. For det meste var der ro og hygge derhjemme, i hvert fald på overfladen. Vi havde altid forbindelse til naturen, tog på cykelture og skovture. Desuden var der kolonihaven først og senere ejendommen på landet med jord og skov til. Der var masser af æbler, bær, grønsager. Der var selskabelighed, omgang med andre mennesker. Jeg kunne udfolde mig i leg, klatre i træer. Som teenager var der ingen restriktioner m.h.t. at færdes ude om aftenen med andre unge, gå til baller, og jeg skulle ikke komme hjem kl. 'tidlig'.

Sp: Tror du dine forældre forstod, hvad der foregik i dig, og hvad der smertede dig i deres tilgang til dig?

Sv: Formentlig ikke, de havde ikke besluttet, at de ville være 'onde' mod mig. Det for dem anderledes, der kom til udtryk i mig, ville de ikke vide af; det måtte være noget, der kunne 'gå væk', files af. Hvilket naturligvis var en illusion, så skulle jeg fornægte mig selv, mit sande selv, begå sjælelig harakiri. Jo, de havde en intention om at gøre mig til en anden, end den jeg var, selv om de ikke ville se det eller formulere det på den måde.

Sp: Hvorfor forklarede du dem ikke, hvordan du havde det, stille og roligt, på en måde de kunne forstå og indoptage det, hvor meget de sårede dig og gjorde dig trist?

Sv: Jeg gik jo der med alle mine traumer og uden det store overblik dengang. Jeg var ikke en udenforstående psykolog, der køligt og venligt kunne gøre rede for den store sammenhæng. Jeg var afhængig af dem følelsesmæssigt, jeg elskede dem og oplevede, at de ikke elskede den, jeg virkelig var. Jeg var ensom og alene i forhold til dem og vidste ikke, hvor jeg skulle vende mig hen for at få støtte og afklaring. Jeg kunne ikke verbalisere, hvad der foregik, jeg var midt i et vadested – eller snarere på dybt vand. De var mit bagland, der brød sammen, og fremadrettet i tilværelsen var min situation kaotisk og usikker. Den erkendelse, der efterhånden voksede frem i mig, var min fornemmelse af at være en gøgeunge, som var blevet anbragt i en forkert rede, hvor jeg ikke hørte hjemme. Gøgeunge, sådan følte jeg mig i mange år.

Sp: Dine forældre er døde for længst, men hvis du på en eller anden måde kunne tale med dem i dag, hvad ville du så sige?

Sv: Jeg ville give dem denne bog, 'Blodspor', at læse. Jeg ville forlange, at de læste den.

Sp: Hvad tror du, der ville komme ud af det?

Sv: Min mor ville sikkert tie og græde, min far ville forsøge at glatte ud.

Sp: Hvordan ville du have det med det?

Sv: Jeg ville være rasende. Jeg ville forlange, at de bad mig om tilgivelse. Ellers ville vi ikke kunne komme videre. Ellers ville jeg ikke kunne tilgive dem. De havde ikke megen selverkendelse dengang, men det ville så være tiden til det nu. De ville nok mene, at jeg i sin tid svigtede dem, vendte mig bort. Jovist, men jeg ville sige, at jeg flygtede fra dem – for at overleve, ligesom folk flygter fra lande, hvor de ikke kan trække vejret.

Sp: Hvorfor tror du, at du den dag i dag nages af denne del af din fortid?

Sv: Jeg mistede jo min fortid, jeg brækkede af som en gren fra sin stamme. Man kan ikke leve uden at have rod, man kan ikke leve uden organisk sammenhæng i sit liv. Kan en flygtning, et menneske i eksil, glemme, afskaffe sit fædreland?

Sp: Er der så en løsning, en løsning for dig?

Sv: Der er andre i mit liv end min oprindelsesfamilie, der er min nye familie, som min mand og jeg har skabt. Ja, der er selvfølgelig så meget andet i mit liv: venner, rejser, kultur, kunst. Og den evige søgen efter mening, en søgen efter Gud eller Gudinden, dragningen mod det store mysterium, livets mysterium. Jeg har søgt hele livet, i kristendommen, buddhismen, kunsten, dybdepsykologien, osv. Jeg er ikke den eneste, der har lidt, den eneste søgende, eller den med de største traumer eller problemer. Man må leve sit liv, 'rise above', og jeg er i virkeligheden meget taknemmelig for mit liv, for jeg har fået så meget. Jeg er overbevist om, at der er et svar et eller andet sted, det store svar, på en gang komplekst og enkelt. Vi søger alle efter 'Lyset', og det findes.

'Kaina's visdom

Efterskrift

Jeg har skrevet sandheden.

Min version af sandheden.

Er der andre? Så værsgo sig frem. Ordet er frit. Det er en ret at ytre sig.

Det er selvfølgelig ikke så let, hvis man ligger under mulde.

Men det skulle man have tænkt på noget før. Inden tiden randt ud.

At sætte sandheden på print er min oprejsning.

Erindringen har været min pen, mit blod har været mit blæk, mine traumer min drivkraft.

En mig nærtstående person, som har læst mit manuskript, sammenfatter hele forløbet i sætningen 'man gjorde et barn fortræd'. Han har ret. Resultatet, mangel på robusthed og lemlæstet tillid til mig selv og verden, blev en del af min psykiske struktur, noget jeg har kæmpet med og mod hele mit liv. Pendanten hertil, og måske affødt heraf, er min stridbarhed og min stædighed. I og med at jeg har følt mig svag og hjælpeløs, har jeg måttet udvikle et kampgen. På den ene side bløddyr, på den anden krigerisk med tendens til at ryge ud i konflikter. Målet må være at opløse de to, at skabe helhed og harmoni i sig selv. Omsider er jeg ved at komme ud af dikotomien. Jeg har skrevet mig ud af den. Til at begynde med tænkte jeg: Ville det blive en for barsk anklage mod mine forældre? Åh ja, hensynsbetændelsen. Ville jeg føle mig på den uudholdelige smertens vej, mens jeg skrev? Sådan er det ikke gået. Jeg har skrevet stille og roligt. Proportionerne er faldet på plads. Her i mit livs efterår har jeg skrevet mig fri.

Nu ler jeg.

Livets dans

Håbet

Måtte min slægt trives. Måtte spydspidserne, børnene, og deres børn, få gode liv, klare sig gennem kriser og problemer, hvis de opstår, og komme helskindet ud på den anden side. Jeg har fuld tillid til dem, jeg har allerede set dem klare meget.

Måtte vi alle sammen blive klogere og bære over med hinandens svagheder. Måtte vi alle sammen overvinde vores private ligtorne og tænke på, hvordan vi kan glæde og lette livet for hinanden, uden at fornægte os selv. Hånden på hjertet, det er en svær balancegang. Men man kan jo forsøge.